A MONSIEVR DE LAFFEMAS,

LIEVTENANT CIVIL.

STANCES.

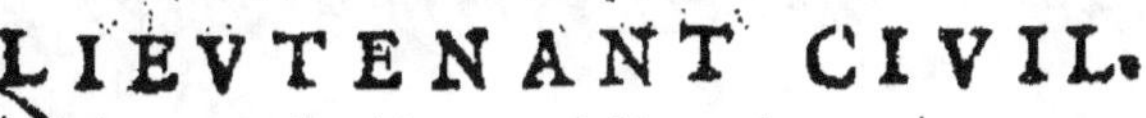

GRand Aristarque de la France,
Magistrat plein d'integrité,
Qui sçauez auecque clemence
Temperer la seuerité;
Rare esprit que l'Europe admire,
Qu'on voit au Chatelet reluire
Comme dans le Conseil du Roy,
Et par vne sage pratique,
Dans la guerre & la politique,
Garder toûjours l'ordre & la Loy.

A

De long-temps ma veine animée,
De l'ardeur d'un si beau sujet,
Auoit pour voſtre renommée
Déja formé quelque projeƈt ;
Mais n'ayant aucune matiere
Qui fût aſſez particuliere
Pour me donner vers vous accez,
Ne le pouuant d'une autre sorte,
Enfin j'ay choiſi pour eſcorte
L'incident d'un petit procez.

Auſſi bien puis que chacun oſe
(Par excez de voſtre bonté)
Le plus souuent pour peu de choſe
Implorer voſtre authorité ;
Ma Muſe auecque confiance
Vient vous demander audience,
Deſſus l'appel d'un Iugement
Prononcé par un Commiſſaire,
Qui dit n'eſtre pas neceſſaire
De me taxer ſur mon ſerment.

Le faict est ; Que malgré les fuites
De Louys Bertin debiteur,
I'obtiens enfin sur mes poursuittes
Sentence, dont ie suis porteur:
Et pour vaincre la perfidie,
Ie me transporte en Picardie
Où sont situez tous ses biens,
Ie fais saisir ses heritages
Auant qu'on procede aux partages
Qu'il doit faire auecque les siens.

I'ay dedans la ville de Roye
Sejourné pour le moins six jours,
Et s'il est besoin que j'employe
Toute ma traitte en ce discours,
Ie suis party d'vne autre Ville,
Mon ordinaire domicile,
A vingt & trois lieües de là,
Auec deux cheuaux de ma suitte,
Et le tout pour cette poursuitte,
N'ayant procez que pour cela.

A ij

L'on dit qu'ayant un Benefice
Assez proche de ces quartiers,
Ie ne dois auecque justice
Esperer mes frais tous entiers,
Et qu'estant Ecclesiastique
Ie fais ma despense modique,
Enfin ce Iuge Laboureur,
Par sa belle Iurisprudence,
Sans raison & sans apparence
A debouté mon Procureur.

Mais apres tout, de la Charruë
Ne prouient que rusticité,
Et d'une affaire mal conçeüe
Un jugement sans equité :
C'est faire tort à la Gazette
De dissimuler la Conqueste
Et le violent attentat,
Que d'une fureur trop hardie
Ont fait dedans la Picardie
Les ennemis de cét Estat.

L'on sçait que la ville de Roye,
Reste seule sans secours,
Dans peu de jours se vit la proye
De tous ces funestes Vautours,
C'est dans ce pays de Santerre,
Siege principal de la guerre,
Où fut jadis mon Prieuré,
Mais au despart de cette armée
Rien n'est resté que la fumée
Des flames qui l'ont deuoré.

C'est là que depuis deux années
Toutes les terres & maisons
Sont en friche & abandonnées
Pour les coureurs, & garnisons,
Et ce lieu qui fut si fertile,
N'est plus qu'vne plaine inutile,
Dans l'horreur & les mauuais bruits;
Et les desastres de la France
Nous mettent bien hors d'esperance
D'en tirer si-tost aucuns fruits.

Si bien que n'ayant ny retraitte,
Ny reuenu dedans ce lieu,
L'affirmation que j'ay faite
Eſt veritable deuant Dieu:
Quant à ce que le Commiſſaire
Dit qu'il ne peut me ſatisfaire
Auec conſcience & honneur,
Que ie meine trop d'eſquipage,
Je crois que ce bon Perſonnage
Me prent pour vn frere Mineur.

Bien que le zele me reduiſe
Aux termes de l'humilité,
Pourtant dans le ſiecle & l'Egliſe
Ie ſuis homme de qualité,
Et le luſtre de ma naiſſance
M'approche auec plus d'aſſeurance
De ce genereux Laſſemas,
Qui de long-temps a fait paroiſtre
Que le Ciel né l'auoit fait naiſtre
Que pour regler de grands Eſtats.

LITANIES
DE LA SAINTE VIERGE,

POVR Mme D. B.
Estant griefuement malade.

Ans l'effort du mal qui me tuë,
Sous le faix de l'aduersité,
Grand Dieu, plus ie suis abbatuë,
Plus ie cognois vostre bonté,
Reparateur de la Nature,
Si ie suis vne creature
Indigne de vostre amitié,
Pour les grands defauts de ma vie,
De grace au moins ie vous conuie
De me regarder en pitié.

Esprit qui ne verses que flammes,
Et dont les puissantes ardeurs
S'introduisent dedans nos Ames,
Pour en escarter les froideurs,
Faites esclatter dans ma poitrine
Vn rayon de grace diuine,
Chassez cette fievre d'Enfer,
Qui me faisant guerre moriel'e,
Traitte ma chaleur naturelle,
Comme si j'estois bronze ou fer.

Sainte Trinité que j'adore,
Trois personnes en vn seul Dieu,
Vostre bras tout-puissant j'implore
Pour me retirer de ce lieu,
Ou ie me vois dans la meslée
Des maux dont ie suis accablée,
Qui (ie crois) dureront toûjours,
Si du throsne de vostre gloire
Vous ne me donnez la victoire,
Par l'enuoy d'vn puissant secours.

Azyle

Azyle de l'ame affligée,
Sainte Mere de mon Sauueur,
L'amertume où ie suis plongée
S'adoucit par vostre faueur :
Malgré les mortelles atteintes,
Qui donnent l'essor à mes plaintes,
Et violentent ma raison,
I'espere auecque confiance
D'obtenir par vostre assistance
Vne parfaite guarison.

O Mere de grace diuine,
Mere de toute pureté,
Qui ceüillez comme dans l'espine
Les roses dans l'aduersité :
Ordonnez que bien-tost j'esprouue,
Le soulagement que lon trouue
Lors que vous guidez nostre sort,
Sans vous ie n'ay plus de courage,
Et si vous n'escartez l'orage
Ie ne pourray surgir au port.

B

Mere tres-chaste, mere aymable,
Dont le merite est sans pareil,
Cause rare! effet admirable!
Rayon qui produit un Soleil:
O Mere pleine de merueille,
Comme ie me vois à la veille
D'augmenter le nombre des morts,
Malgré l'enfer, qui m'espouuante,
Vous m'auez renduë puissante
Contre ses funestes efforts.

Lors que Dieu d'une voix feconde
(Par un excez d'amour qu'il ut)
Ietta les fondemens du monde,
Il concerta nostre salut:
Et vous choisissant pour sa mere
Il vous fit la depositaire
Des thresors de sa passion:
Vous pouuez tout, veüillez de grace
Aggréer que bien-tost ie passe
Ce grand détroit d'affliction.

II

Vierge, de qui les saints Oracles
Nous rapportent tant de hauts faits,
Dont les projects sont des miracles,
Et les volontez des effets:
Vierge incomparable en prudence,
Si vous embrassez ma deffence
Quels maux pourront me trauerser?
Si vos lauriers sont sur ma teste,
Ie ne crains plus que la tempeste
Puisse desormais m'offencer.

Mais encor outre la puissance
Qui fait trembler vos ennemis,
Vous pardonnez auec Clemence
A tous ceux qui vous sont soubmis;
Si bien qu'estant toûjours fidele,
Vous obligez l'ame rebelle
A reuerer Iesus son Roy,
Et comme un miroir de justice,
L'épurant de toute malice,
Vous la reduisez sous sa Loy.

B ij

C'eſt chez vous (apres la Victoire
Remportée ſur le Demon)
Où ſe voit vn throſne de gloire
Dreſſé pour le grand Salomon :
Beau ſejour de la ſapience,
Seul objeEt de ma confiance,
Vaiſſeau ſacré, Temple d'honneur,
Principe de noſtre allegreſſe,
C'eſt chez vous qu'on trouue l'adreſſe
De la grace, & de tout bon-heur.

Vous eſtes la roſe Myſtique,
Dont l'odeur embaume nos ſens,
Qui joint à la troupe Angelique
Les cœurs chaſtes & innocens :
Vous eſtes auſſi la fortereſſe,
Où ſouuent l'humaine foibleſſe
A trouué de puiſſants ſecours :
Tour du grand Dauid, Tour d'yuoire,
I'auray vos bien-faits en memoire
Iuſques à la fin de mes jours.

N'est-ce donc pas auec justice,
Que dans vostre sainte Maison
Ie viens m'offrir en sacrifice
Pour obtenir ma guarison :
Ie sçay bien que cette victime
Est fort inegale à mon crime,
Mais vostre admirable bonté
Confortant ma pauure ame outrée,
Fait qu'elle ose esperer l'entrée
Du Ciel à toute Eternité.

O Belle Estoille matiniere,
Qui nous fites poindre le jour,
C'est par vostre heureuse lumiere
Que nostre joye est de retour :
Conduitte des Ames errantes,
Secours des personnes mourantes,
Refuge vnique des humains,
Bon-heur des pauures affligées,
Mes douleurs seront soulagées
Quand vous m'aurez donné les mains.

Mais pour parler de vos loüanges
Auec des dignes sentimens,
Ie feray sçauoir que les Anges
Reuerent vos commandemens ;
Que ces Ierarchies aislées,
A vous seruir toutes zelées,
Obseruent toûjours dans les Cieux
Auec des ardeurs nonpareilles,
(Pour executer vos merueilles)
Les saints mouuemens de vos yeux.

⁂

Ie diray que vous estes Reine
Des Patriarches & des Roys,
Que le Ciel est vostre domaine,
Et que la terre est sous vos loix,
Que mesme tous les saints Prophetes,
Aux cognoissances plus parfaites
Qu'ils ont de la Diuinité,
Vous aduoüent pour la lumiere,
Et l'intelligence premiere,
Qui leur fit voir la verité.

On vous cognoît auſſi pour Reine
De tous ces grands Legiſlateurs,
Qui dedans la rigueur mondaine
Ont vaincu les perſecuteurs,
Vos ſoins ont fait que les Apoſtres
Quittans les Iuifs, ſe ſont faits noſtres,
Et parmy la rage des lous
Cette troupe encore fragile,
Pour le maintien de l'Euangile
N'auoit autre ſupport que vous.

Lors qu'on creut voir perir l'Egliſe
Auecque voſtre Fils mourant,
Vous futes l'Aurore promiſe
Où le monde alloit aſpirant,
Les ſaints Martyrs pleins de courage
Brauoient les fureurs & la rage
Des bourreaux, eſleuans leurs cœurs
Au meilleu des plus grands ſupplices,
Vers vous Reine de leurs delices,
Pour eſtre conſtans & vainqueurs.

Ie reuere encor la prudence
De ces grands Docteurs & Prelats,
Qui porterent par leur conſtance
Le monde comme des Atlas:
C'eſt par vous que les pures Ames
Ont amorty toutes les flammes
Qui trauerſoient leurs bons deſſeins :
Le Firmament vous enuironne
Et vous preſente vne Couronne
Dans la gloire de tous les Saints.